海原《うなばら》散歩

浜野木　碧　詩・絵

JUNIOR POEM SERIES

〃こころ〃

ほほを　なでる
風の　そよぎ
耳を　くすぐる
小鳥の　さえずり
髪の毛　くちびる
首すじ　つまさき
あえかに　かすかに
感じただけなのに

気持ちが
やんわり
ほどけてゆく
からだの
どんな部分にも
小さな　小さな
〃こころ〃が　ある

＊あえかに―はかなげに

I

海原《うなばら》散歩

Ⅱ　こころ

I

海原《うなばら》散歩

磯《いそ》のやりとり

足の甲《こう》を
まるく　なで

砂を　すくって
ひいて　ゆく

そのたびに
なにかを　置いて
なにかを　持って

寄《よ》せて　かえす　波と
わたし

ひとつずつ
とりかえっこを
続ける

どんなかに

かすかに　しずかに
ほのかに　のどかに
せなかに　おなかに
どこかに　だれかに

おだやかに　なごやかに
たからかに　おおらかに
あたたかに　たらばがに
ささやかに　こまやかに

そんなかに　どんなかに
あのなかに　このなかに

ほやがい

きゅっ　と
押されたから
びょん　と
押しかえしたんだ
きゅっ　びょん
きゅっ　びょん

「よく
はずむね
れっきとした
貝なのに」

そんなこと
言いながら
おれを
ボールがわりに
するなよ

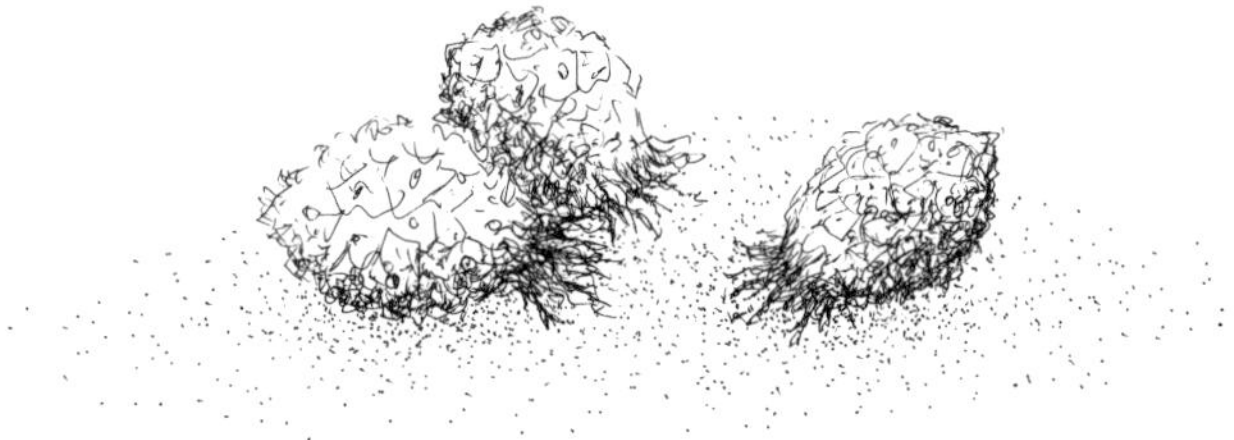

ほたて

屋根と　床《ゆか》を
しっかり
支《ささ》えなくては
と
がんばっていたら

すまいの　ほとんどを
大黒柱《だいこくばしら》が
占《し》めることに
なってしまいました

みるがい

あちこちに
みるもの
きくもの　が
たくさん
あふれてるもんで

家に帰るひまなんざ
ありませんや

そういうわけで
こんなふうに
出《で》ずっぱりなんですよ

ふじつぼ

小さな噴火口《ふんかこう》が
とがった突起《とっき》を
そろえて
腰《こし》を　すえると

くっつかれたほうも
完全武装《かんぜんぶそう》

なにやら
えらくなったかの
ように
いかめしい顔を
しはじめます

はまぐり

シンケイスイジャク
貝合わせ
記憶力《きおくりょく》を
ためされて

どぎまぎ
させられて
トランプ・カードに
そっくりです

あさり　しじみ

「アッサリー
シンジメー」
いかがな　ものか　と
思って　いたけれど

やがて
おとずれる
幕引《まくひ》きの　ときには

いさぎよい
売りかけ声なのかも
しれません

ほらがい

現役《げんえき》を
しりぞいたら
気が　楽に
なりましてね

この
ずうたいも
少しは　お役に
立っているようで

ろうろうと
吟詠《ぎんえい》に　いそしむ
毎日であります

＊吟詠―詩歌《しいか》を声にだしてうたったり、つくること。また、つくった詩歌

とこぶし

「あわび殿《どの》の
ご子息《しそく》ですか」
と
しばしば
たずねられますが

それがし
まったく
かかわりは　ござらぬ

よくよく
ご承知《しょうち》おきくださらねば

ブシの　いちぶんが
立ちませぬ

さざえ

なにを
考えているのかい
と
たずねようとした
だけなのに

かたい　とびらを
ぴったり
とざしてしまう

フジツボの　鋲《びょう》を　打ち
がんじょうに　かまえた
とりでの　中に
ひきこもった　まま

あわび

背《せ》をむけて
だれにも
さとられないように
かかえているのは
とても
大切な　もの

じつは
その
片想いの
こころ　なのです

なまこ

「最初に食べたひとは
勇気が　ある」
ですって？

なにを
おっしゃいます

わたくしこそ
勇気が　いりましたよ

食卓《しょくたく》に
のぼることなど
思っても
みなかったのですから

いそぎんちゃく

波間《なみま》の
おきゃんな
お年ごろ

何が　そんなに
おかしいのか

いっせいに
にぎやかな　色を
そよがせて
笑《わら》いころげます

わかめ

すっくと
現れたのは

ひと風呂《ふろ》　浴《あ》びて
しずくを　したたらせた
あざやかな　公達《きんだち》

むせかえるような
湯あがりの　若《わか》い香《かお》りを
あたりに
ただよわせます

＊公達—親王《しんのう》や上流貴族《きぞく》たちの息子《むすこ》や娘《むすめ》を尊敬する語。

もずく

からまりあって
たむろして
数を頼《たの》んでの
より集まり
と
敬遠《けいえん》していたら
案外《あんがい》でした

それぞれ
しっかりと
すじを通して
いたのですね

昆布《こんぶ》

右に
左に
あおられているように
見えますが
芯《しん》の　強さは
たいした　もの

砂地《すなじ》を
しっかり　つかんで
立っている
うねりの　中の
オブジェなのです

＊オブジェ——主《おも》に美術《びじゅつ》用語。芸術作品《げいじゅつさくひん》。

かずのこ

親元《おやもと》に
いたときは
どうという　ことは
なかったのですが
家を　出て
独立《どくりつ》したとたんに

もてはやされ
まつりあげられて

少しばかり
とまどって　おります

はこふぐ

毒《どく》がない　と
人さまは
おっしゃいますが
肩書《かたが》きが
これですのでね

ひざを
くずさぬように
つとめて
おりましたら
四角四面《しかくしめん》の
律義《りちぎ》もの
とも
言われるように
なりました

とびうお

どうだい
この
ばねのきいた
つばさ

波を　たたいて
水面《すいめん》高く
はばたいて
いくんだぜ

かのじょも
うっとり
見つめているはずさ

きびなご

うちそろった
細身《ほそみ》の　やいばは
碧《あお》く　きらめく
空の　いろ
はるかな　波間《なみま》の
あのころを

静かに
思いかえして
いるのです

かわはぎ

けっして
かぶりついたり
ほおばったり
いたしませんのよ
ほんの　ちょっと
味見《あじみ》だけ

おいしい　ところを
つまむだけ
口もとが
おちょぼなんですもの

ひらめとかれい

左きき　ひらめと
右きき　かれいが

寄《よ》り目
横目で
すれちがい

さんま

「一尾《いちび》　二尾」
などと　数えるのは
はばかられ

「ひとふり
ふたふり」
と
両手に　ささげ持って

かごに
入れさせて
いただきました

ちょうちんあんこう

みんな
よく　そんなに
出かせぎにいくなあ

のべつまくなしに
泳《およ》ぎまわってさ

おれは
ごめんだね

ここで
のんびりしてたほうが
性《しょう》に合うんだ

腹がへらないか　って？

口をあけて　待ってりゃ
食《く》いぶちにも
困《こま》らないよ

＊食いぶち―食費《しょくひ》のこと。ここでは食べものを指《さ》す。

のどぐろ

清廉潔白《せいれんけっぱく》
品行方正《ひんこうほうせい》
青天白日《せいてんはくじつ》

からだの内側の色が
どうあれ
断《だん》じて
〝腹ぐろい〟ところは
ございませぬ

と
誇《ほこ》り高く
うろこを光らせ
泳ぎ去ってゆきました

＊清廉潔白《せいれんけっぱく》―心が清《きよ》く、私利私欲《しりしよく》をもたないこと。
＊品行方正《ひんこうほうせい》―日頃《ひごろ》の行いが正しくきちんとしていること。
＊青天白日《せいてんはくじつ》―心中《しんちゅう》つつみかくしのないこと。

ひめかさご

お気に召《め》すように　するのは
なかなか
むずかしい

うっかり
近よると

さかだてた　えり飾《かざ》りで
痛《いた》い目に
会いますよ

さば

寒《かん》さば
まさば
ひらさば
本さば
ごまさば
まるさば

出自《しゅつじ》も　呼び名も
さまざま　ですが
みな
さばさば　したものです

＊出自《しゅつじ》―でどころ。うまれ。

のれそれ

あれこれ　かれこれ
だれそれ　だれかれ
あれあれ　どれどれ
われわれ　のれそれ
それぞれ　とれとれ
つれづれ　ほれぼれ
すれすれ　ばればれ
やれやれ　はればれ

ちゃっかり　かくれた
あなごの　こども
さてさて　はてはて
どこでしょう？

ほおじろざめ

陸《りく》にゃ
〝サファリ・パーク〟
てぇ　ものが　あって
〝ライオンバス〟とやらで
肉食系《にくしょくけい》のやつらの　中を
まわるんだってな

それなら
こっちにも　来てみなよ

〃サメバス〃に乗って
もぐってこいよ
総出《そうで》で
むかえてやるからさ
待ってるぜ

Ⅱ　こころ

〃思う〃

からだの　中の
どこで

わたしは
こんなに　さまざまなことを
思うのだろう

頭の　すみ
心の　おく
胸《むね》の　うち

すべての部位《ぶい》で
感じとったものが　溶《と》けあい

わたしの　内側を
かけめぐって
いるのだろうか

眠りの岸辺《きしべ》

闇《やみ》の
繰《く》りだす　糸が
私《わたし》を　包《つつ》み

そのまま
揺《ゆ》られていれば
舟《ふね》は　進み

むこう岸《ぎし》に
降《お》りたつことが
できるのに

わかっているのに

また
今夜も

優《やさ》しい　糸を
ふりちぎって
櫂《かい》をつかんでしまう

りきんで
漕《こ》いで
りきんで
漕いで

流れに　あらがう
不《ふ》眠《みん》症《しょう》の
しらしら明け

すすき

風の命《めい》ずるままに
息使《いきづか》いを　合わせて
細い首を　しならせる
すすきの　穂《ほ》たち

その　ひとむらに
なりたくて

そのけしきの　一片《いっぺん》に
なって　しまいたくて

すすきの中に　立ってみる

ほら　きたよ
つぎの風の　そよぎが
靴《くつ》を　ぬいで
目を　とじて
いっしょに　ゆれる
からっぽの　心に
すすきが　一本
まっすぐに　入ってきて
わたしは
少しだけ
強くなれる

吹《ふ》き降《ぶ》り

傘《かさ》の柄《え》をにぎりしめて
あらがっても
四方八方《しほうはっぽう》から
襲《おそ》いかかってくる風雨《ふうう》で
わたしの身体《からだ》は
ずぶぬれ
あきらめて
傘を　たたむと

敵意《てきい》を　たたきつけてくるとばかり
思いこんでいた雨脚《あまあし》は

わたしに　こびりついていた
しがらみを　はがし

まとっていた
こだわりを　脱《ぬ》がせて

根《ね》こそぎ
洗《あら》い流してくれた

郵便《ゆうびん》ポスト

あのひと　と
このひと　とを
つなぐ　おてがみ

そのひと　と
かのひと　とを
つなぐ　おたより

わたしの　おなかの中に
おあずかりした
たくさんの

どきどき　わくわく
しんみり　がっかり
親展《しんてん》　前略《ぜんりゃく》
あらあら　かしこ

すべて
大切に
おとどけいたします

箱《はこ》

ふたのすきまから
もれてくるのは
かすかな　調《しら》べ

ここまで　歩んできた
足どりの　リズム

旋律《せんりつ》を　なぞり
反芻《はんすう》しながら

ふたを　全開《ぜんかい》しようとして
ふと
手が　ためらう

しまいこまれた音が
一気《いっき》に　あふれ出て
わたしを
はがいじめに
してしまうかもしれない

断層撮影《だんそうさつえい》

ドームの中へ　台《だい》が進み
無心《むしん》に　無心に　の
いましめも　間《ま》に合わず
ぴっ　ぴっ　ぴぴっ

―問答無用《もんどうむよう》―

密封《みっぷう》しておいたはずの
嘘《うそ》も
欲望《よくぼう》も
虚栄心《きょえいしん》も
妬《ねた》み嫉《そね》みも

数ミリ刻《きざ》みの　画像《がぞう》となって
モニターに　さらけ出される

―衆人環視《しゅうじんかんし》―

輪切《わぎ》りにされた　想《おも》いの断面《だんめん》
直視《ちょくし》を　ためらうのは
自分だけ

＊衆人環視―多くの人がとりまいて見ていること。

コクハクブン

くずかごから
かすかに　なにか　聞こえてきます

「スキデス」
「キミハ　ボクノ　タイヨウデス」

それは
さっき書いた
ぼくの手紙の　文でした

ラヴ・レターは
想《おも》いをこめて　手書きで
と　気負《きお》いこんだものの

書き損《そん》じの便箋《びんせん》を
何枚も　捨《す》てたところなのです

「アイシテイマス」
「ボクノ　ココロハ　モエテイマス」

丸めた紙が　ほどけて　ゆるむ
しわくちゃな音に　重ねて

ひそひそ　くすくす
くずかごの　中で
ぼくの　告白文《こくはくぶん》が
読みあげられています

カンニング

「こんにちは　いいお天気ですね」
「そうですね」
うららかな陽射《ひざ》し
のどかな路地《ろじ》の　立ち話
なごやかなことばを　かわしながら
視線《しせん》は　うろうろ　さまよいます
このかた　どなただったかしら
相手《あいて》の自転車の　ネーム・プレートが
視界《しかい》に入るように
少しずつ　立ち位置《いち》を　ずらします

《○○田　△□子》

そうそう　そうだった
思い出しました

趣味《しゅみ》　家の場所　飼《か》い犬の種類
記憶《きおく》の検索画面《けんさくがめん》が　ぱっと　開きます
そのデータを　織《お》りこんで
会話は　無難《ぶなん》に　おわりました

あやういところで
追試《ついし》をまぬがれたような　気分です

とまどい

《こころ》は
《きもち》を　産《う》み
《きもち》は
《ことば》を　つくり
《ことば》は
《くちびる》の　しとねで
育てられる　とちゅうで
まだ　未熟《みじゅく》なまま
巣立《すだ》ってしまい
マイクロフォンと

録音機能《ろくおんきのう》と
電磁波《でんじは》の
甘《あま》い誘《さそ》いを　あっさり　受けて

またたく間に
無数《むすう》のクローンと　なりました

いま
産みの親《おや》である《こころ》は

わが子であったはずの《ことば》たちの
おもざしのうちに
遺伝子《いでんし》を　さがしあてることが
できなくて

右往左往《うおうさおう》している
ばかりなのです

マグネット

とんでも
はねても
走っても

必《かなら》ず　もどってくる
足の　うら

つまずいたり
よろけたり
転《ころ》んだりしても

必ず　もとに　もどる
足の　うら

ぴたっ　と　着地《ちゃくち》！

丸い星の　中心にむけ
みんな　そろって
足のうらで　くっついている

ぼくらは
ちいさな　ちいさな
地表《ちひょう》の　マグネット

かえりみち

かえりみちは　ひとりが　すき
空の　雲　ながめて
まるい　小石　さがして
やさしい　風に　ふかれて

な～んて　ね
ほんとは　空《あ》き地《ち》に　ダッシュ
ポケットには　だいじなもの
きゅうしょくのパン　半分

すていぬが　まってるんだ
ぼくだけを　まってるんだ

だから　ないしょ
だから　ぜったい　ひみつ

かえりみちは　ひとりでなきゃ　ね

ソーダ水

お父さんも　お母さんも
きちんと　すわっています
ぼくも　です

はじめは
ぶつ　ぶつ　もんくを　言っていた
ぼくの　足

だんだん
おとなしくなって
しずかになりました

やっと
みんな　たちあがりました
ぼくも　です

でも
まだ　だまっているのです
ぼくの　足

と
思ったら

しゅわわぁわ〜〜っ！

こらーっ
ソーダ水なんか　飲むなよ！
ぼくの　足！

あとがき

三保の水辺でたわむれた幼いころから、潮騒は、私の子守唄でした。

今も、みなとの市場の匂いは、なつかしく鼻腔をくすぐり、揚げられたばかりの海の産物たちは、濡れたからだを光らせて、語りかけてくるような気がします。

（トコブシにも言い分があるだろうな）と思ったとたん、次つぎに言葉があふれ、耳の奥に聞こえる波のさざめきにひたりながら、わたしは、それをつむいでいきました。

海原散歩……ひととき、ごいっしょに磯の香りを楽しんでいただけたら、幸いです。『新しい日本の少年詩』で「すすき」に分析を頂いた畑島喜久先生、「かえりみち」にご感想を下さった野火晃先生、また、少年詩誌『おりおん』の仲間の方がたには、感謝するばかりです。そして、出版に際し背中を押して励ましてくださった銀の鈴社の皆さまに、心よりお礼申し上げます。

詩・絵
浜野木　碧（はまのぎ　みどり）
（本名　原田みどり）
静岡市出身。国立音楽大学卒。
第７回MOE童話賞、第４回キッズエクスプレス絵本コンテスト
厚生労働大臣賞、子どものための少年詩集2012優秀賞。
作品：「さかさかさ」「たっか たっか ひゅ〜ん」「ぽたんぺったん」他。
創作：エプロン絵本、童謡アレンジメント、ドールハウス。
ジオラマ作品：「泣いた赤おに」浜田広介記念館収蔵。
対面朗読・傾聴ボランティア活動中。
（社）日本児童文芸家協会、少年詩「おりおん」所属。

NDC911
神奈川　銀の鈴社　2014
96頁　21cm（海原散歩）

ジュニアポエムシリーズNo.244　2014年10月20日初版発行
本体1,200円＋税

海原散歩

著　者　浜野木　碧　詩・絵©
発行者　柴崎聡・西野真由美
編集発行　㈱銀の鈴社 TEL 0467-61-1930　FAX 0467-61-1931
〒248-0005　神奈川県鎌倉市雪ノ下3-8-33
http://www.ginsuzu.com
E-mail　info@ginsuzu.com

ISBN978−4−87786−244−2　C8092　印刷　電算印刷
落丁・乱丁本はお取り替え致します　製本　渋谷文泉閣

···ジュニアポエムシリーズ···

No.	著者	書名	選定・受賞
1	鈴木　敏史・詩集 宮下　琢郎・絵	星の美しい村	★☆
2	小池　知子・詩集 高志　孝子・絵	おにわいっぱいぼくのなまえ	★☆
3	鶴岡千代子・詩集 武田　淑子・絵	白い虹	児文芸新人賞
4	楠木しげお・詩集 久保　雅勇・絵	カワウソの帽子	
5	津坂　治男・詩集 垣内　美穂・絵	大きくなったら	★
6	後藤れい子・詩集 山本まつ子・絵	あくたれぼうずのかぞえうた	
7	北村　蔦子・詩集 柿本　幸造・絵	あかちんらくがき	
8	吉田　瑞穂・詩集 吉田　翠・絵	しおまねきと少年	⊠★◎
9	新川　和江・詩集 葉　祥明・絵	野のまつり	★☆
10	阪田　寛夫・詩集 織茂　恭子・絵	夕方のにおい	◈★☆○
11	高田　敏子・詩集 若山　憲・絵	枯れ葉と星	★☆
12	原田　直友・詩集 吉田　翠・絵	スイッチョの歌	★◎
13	小林　純一・詩集 久保　雅勇・絵	茂作じいさん	◉★☆●◎
14	谷川俊太郎・詩集 長　新太・絵	地球へのピクニック	★◎
15	与田　準一・詩集 深沢　省三・ 深沢　紅子・絵	ゆめみることば	★
16	岸田　衿子・詩集 中谷千代子・絵	だれもいそがない村	
17	江間　章子・詩集 榊原　直美・絵	水と風	◇◎
18	原田　直友・詩集 小野　まり・絵	虹―村の風景―	★
19	福田　正夫・詩集 福田　達夫・絵	星の輝く海	★☆
20	草野　心平・詩集 長野ヒデ子・絵	げんげと蛙	★☆○◇
21	宮田　滋子・詩集 青木まさる・絵	手紙のおうち	☆○
22	久保田昭三・詩集 斎藤　彬子・絵	のはらでさきたい	
23	鶴岡千代子・詩集 加倉井和夫・ 武田　淑子・絵	白いクジャク	★●
24	尾上　尚子・詩集 まど・みちお・絵	そらいろのビー玉	★☆ 児文協新人賞
25	水上　紅・詩集 深沢　紅子・絵	私のすばる	☆
26	野呂　昶・詩集 福島　二三・絵	おとのかだん	★
27	こやま峰子・詩集 武田　淑子・絵	さんかくじょうぎ	☆
28	青戸かいち・詩集 駒宮　録郎・絵	ぞうの子だって	
29	まきたかし・詩集 福田　達夫・絵	いつか君の花咲くとき	★☆♡
30	薩摩　忠・詩集 駒宮　録郎・絵	まっかな秋	★☆♡
31	新川　和江・詩集 福島　二三・絵	ヤァ！ヤナギの木	★☆○♡
32	井上　靖・詩集 駒宮　録郎・絵	シリア沙漠の少年	★☆♡
33	古村　徹三・詩・絵	笑いの神さま	
34	江上　波夫・詩集 青空風太郎・絵	ミスター人類	○☆
35	秋原　秀夫・詩集 鈴木　義治・絵	風の記憶	★◎
36	水村三千夫・詩集 武田　淑子・絵	鳩を飛ばす	
37	久冨　純江・詩集 渡辺安芸夫・絵	風車　クッキングポエム	
38	日野　生三・詩集 吉野晃希男・絵	雲のスフィンクス	★
39	佐藤　雅子・詩集 佐藤　太清・ 広瀬きよみ・絵	五月の風	★
40	小黒　恵子・詩集 武田　淑子・絵	モンキーパズル	★
41	木村　信子・詩集 山本　典子・絵	でていった	
42	中野　栄子・詩集 吉田　翠・絵	風のうた	☆
43	宮田　滋子・詩集 牧村　慶子・絵	絵をかく夕日	★
44	大久保ティ子・詩集 渡辺安芸夫・絵	はたけの詩	★☆
45	秋原　秀夫・詩集 赤星　亮衛・絵	ちいさなともだち	♥

☆日本図書館協会選定
★全国学校図書館協議会選定（SLA）
□少年詩賞　■茨城県すいせん図書
○厚生省中央児童福祉審議会すいせん図書
●日本童謡賞　♧岡山県選定図書
♡日本子どもの本研究会選定
♥秋田県選定図書
♣愛媛県教育会すいせん図書
◇岩手県選定図書
◆京都府選定図書
⊠芸術選奨文部大臣賞
◉赤い鳥文学賞　◈赤い靴賞

…ジュニアポエムシリーズ…

- 46 日友靖子詩集 藤城清治・安西明美・絵 猫曜日だから ◆☆
- 47 秋葉てる代詩集 武田淑子・絵 ハープムーンの夜に ♡
- 48 こやま峰子詩集 山本省三・絵 はじめのいーっぽ ★♡
- 49 黒柳啓子詩集 金子滋・絵 砂かけ狐 ♡
- 50 三枝ますみ詩集 武田淑子・絵 ピカソの絵 ☆♡●
- 51 夢虹二詩集 武田淑子・絵 とんぼの中にぼくがいる ♡○♥
- 52 はたちよしこ詩集 まど・みちお・絵 レモンの車輪 □✤
- 53 大岡信詩集 葉祥明・絵 朝の頌歌 ★☆♡♥◎
- 54 吉田瑞穂詩集 吉田翠・絵 オホーツク海の月 ★☆♡
- 55 さとう恭子詩集 村上保・絵 銀のしぶき ★☆♡
- 56 星乃ミミナ詩集 葉祥明・絵 星空の旅人 ★☆♡
- 57 葉祥明 詩・絵 ありがとう そよ風 ★♡▲
- 58 青戸かいち詩集 初山滋・絵 双葉と風
- 59 小野ルミ詩集 和田誠・絵 ゆきふるるん ★☆●♡
- 60 なぐもはるき 詩・絵 たったひとりの読者 ★♡✤
- 61 小関秀夫詩集 小倉玲子・絵 風《かざ》栞《しおり》 ★♡♥
- 62 海沼松世詩集 守下さおり・絵 かげろうのなか ☆♡
- 63 山本龍生詩集 小倉玲子・絵 春行き一番列車 ♡
- 64 小泉周二詩集 深沢省三・絵 こもりうた ★☆♡
- 65 かわてせいぞう詩集 若山憲・絵 野原のなかで ♡★♥
- 66 えぐちまき詩集 赤星亮衛・絵 ぞうのかばん ♡◆♥
- 67 池田あきつ詩集 小倉玲子・絵 天気雨 ♡
- 68 藤井則行詩集 君島美知子・絵 友へ ♡♤
- 69 藤哲生詩集 武田淑子・絵 秋いっぱい ★♠
- 70 日友靖子詩集 深沢紅子・絵 花天使を見ましたか ★
- 71 吉田瑞穂詩集 吉田翠・絵 はるおのかきの木 ★
- 72 小島禄琅詩集 中村陽子・絵 海を越えた蝶 ☆★♥♡
- 73 にしおまさこ詩集 杉田幸子・絵 あひるの子 ★
- 74 山下竹二詩集 徳田徳志芸・絵 レモンの木 ★
- 75 高崎乃理子詩集 奥山英俊・絵 おかあさんの庭 ★♡
- 76 檜きみこ詩集 広瀬弦・絵 しっぽいっぽん ★●□☆♡
- 77 たかはしけいこ詩集 高田三郎・絵 おかあさんのにおい ♡♣□
- 78 星乃ミミナ詩集 深澤邦朗・絵 花かんむり ♥☆♡
- 79 佐藤照雄詩集 津波信久・絵 沖縄 風と少年 ☆♡★
- 80 相馬梅子詩集 やなせたかし・絵 真珠のように ♥★
- 81 小島禄琅詩集 深沢紅子・絵 地球がすきだ ★
- 82 鈴木美智子詩集 黒澤梧郎・絵 龍のとぶ村 ◇★♥
- 83 いがらしれいこ詩集 高田三郎・絵 小さなてのひら ☆
- 84 宮入黎子詩集 小倉玲子・絵 春のトランペット ☆★
- 85 下田喜久美詩集 方振寧・絵 ルビーの空気をすいました ☆
- 86 野呂昶詩集 方振寧・絵 銀の矢ふれふれ ★
- 87 ちよはらまちこ詩集 ちよはらまちこ・絵 パリパリサラダ ★
- 88 秋原秀夫詩集 徳田徳志芸・絵 地球のうた ☆★
- 89 中島あやこ詩集 井上緑・絵 もうひとつの部屋 ★
- 90 藤川こうのすけ詩集 葉祥明・絵 こころインデックス ☆

✼サトウハチロー賞　✣毎日童謡賞　♠奈良県教育研究会すいせん図書
◌三木露風賞　✤北海道選定図書　❀三越左千夫少年詩賞
♤福井県すいせん図書　⟐静岡県すいせん図書
▲神奈川県児童福祉審議会推薦優良図書　◎学校図書館図書整備協会選定図書（SLBA）

…ジュニアポエムシリーズ…

No.	詩	絵	書名	マーク
91	新井　和・詩集	高田　三郎・絵	おばあちゃんの手紙	☆★
92	はなわたえこ・詩集	えばとかつこ・絵	みずたまりのへんじ	★●
93	柏木恵美子・詩集	武田　淑子・絵	花のなかの先生	☆
94	中原千津子・詩集	寺内　直美・絵	鳩への手紙	★
95	高瀬美代子・詩集	小倉　玲子・絵	仲なおり	★
96	杉本深由起・詩集	若山　憲・絵	トマトのきぶん	☆★◎ 児文芸新人賞
97	宍倉さとし・詩集	守下さおり・絵	海は青いとはかぎらない	♧
98	石井　英行・詩集	有賀　忍・絵	おじいちゃんの友だち	■
99	なかのひろ・詩集	アサト・シェラ・絵	とうさんのラブレター	☆★
100	小松　静江・詩集	藤川　秀之・絵	古自転車のバットマン	
101	石原　一輝・詩集	加藤　真夢・絵	空になりたい	☆✧★
102	小泉　周二・詩集	西　真里子・絵	誕生日の朝	☆■★
103	くすのきしげのり・童謡	わたなべあきお・絵	いちにのさんかんび	☆★
104	成本　和子・詩集	小倉　玲子・絵	生まれておいで	☆★✧♡♧
105	伊藤　政弘・詩集	小倉　玲子・絵	心のかたちをした化石	★
106	川崎　洋子・詩集	井戸　妙子・絵	ハンカチの木	□★☆
107	柘植　愛子・詩集	油野　誠一・絵	はずかしがりやのコジュケイ	✧
108	新谷智恵子・詩集	葉　祥明・絵	風をください	☆◈☼●♡✣
109	金親　尚子・詩集	牧　進・絵	あたたかな大地	☆
110	黒柳　啓子・詩集	吉田　翠・絵	父ちゃんの足音	☆★♡□
111	富田　栄子・詩集	油野　誠一・絵	にんじん笛	♡☆
112	原　国子・詩集	高畠　純・絵	ゆうべのうちに	☆
113	宇部　京子・詩集	スズキコージ・絵	よいお天気の日に	○□●☆◇★
114	武鹿　悦子・詩集	牧野　鈴子・絵	お花見	☆□
115	山本なおこ・詩集	梅田　俊作・絵	さりさりと雪の降る日	☆★
116	小林比呂古・詩集	おおた慶文・絵	ねこのみち	☆
117	後藤れい子・詩集	渡辺あきお・絵	どろんこアイスクリーム	☆
118	重清　良吉・詩集	高田　三郎・絵	草の上	☆□✿◆★
119	宮中　雲子・詩集	西　真里子・絵	どんな音がするでしょか	✲★
120	前山　敬子・詩集	若山　憲・絵	のんびりくらげ	☆★
121	川端　律子・詩集	若山　憲・絵	地球の星の上で	♡
122	たかはしけいこ・詩集	織茂　恭子・絵	とうちゃん	♡✿♣★
123	宮田　滋子・詩集	深澤　邦朗・絵	星の家族	☆●
124	国沢たまき・詩集	唐沢　静・絵	新しい空がある	
125	池田あきつ・詩集	小倉　玲子・絵	かえるの国	★
126	黒田　恵子・詩集	倉島千賀子・絵	ボクのすきなおばあちゃん	☆★♡
127	垣内　磯子・詩集	宮崎　照代・絵	よなかのしまうまバス	☆♡★
128	小泉　周二・詩集	佐藤　平八・絵	太陽へ	✿★●☆♡
129	中島　和子・詩集	秋里　信子・絵	青い地球としゃぼんだま	☆★
130	のろさかん・詩集	福島一二三・絵	天のたて琴	☆
131	加藤　丈夫・詩集	葉　祥明・絵	ただ今受信中	☆★
132	北原　悠子・詩集	深沢　紅子・絵	あなたがいるから	♡
133	池田もと子・詩集	小倉　玲子・絵	おんぷになって	♡
134	鈴木　初江・詩集	吉田　翠・絵	はねだしの百合	★
135	垣内　磯子・詩集	今井　俊・絵	かなしいときには	★

△長野県教育委員会すいせん図書　☆(財)日本動物愛護協会推薦図書
◈茨城県推奨図書

…ジュニアポエムシリーズ…

136 秋葉てる代詩集 やなせたかし・絵 おかしのすきな魔法使い ●★
137 青戸かいち詩集 永田萠・絵 小さなさようなら 🌀★
138 柏木恵美子詩集 高田三郎・絵 雨のシロホン ♡★
139 藤井則行詩集 阿見みどり・絵 春だから ♡★◎
140 黒田勲子詩集 山中冬二・絵 いのちのみちを
141 南郷芳明詩集 的場豊子・絵 花時計
142 やなせたかし 詩・絵 生きているってふしぎだな
143 内田麟太郎詩集 斎藤隆夫・絵 うみがわらっている
144 しまざきふみ詩集 島崎奈緒・絵 こねこのゆめ ♡
145 糸永えつこ詩集 武井武雄・絵 ふしぎの部屋から ♡
146 石坂きみこ詩集 鈴木英二・絵 風の中へ ♡
147 坂本のこ詩集 坂本こう・絵 ぼくの居場所 ♡
148 島村木綿子 詩・絵 森のたまご 🌀
149 楠木しげお詩集 わたせせいぞう・絵 まみちゃんのネコ ★
150 牛尾良子詩集 上矢津・絵 おかあさんの気持ち ♡

151 三越左千夫詩集 阿見みどり・絵 せかいでいちばん大きなかがみ ★
152 水村三千夫詩集 高見八重子・絵 月と子ねずみ
153 川越文子詩集 横松桃子・絵 ぼくの一歩ふしぎだね ★
154 すずきゆかり詩集 葉祥明・絵 まっすぐ空へ
155 西田純詩集 葉祥明・絵 木の声水の声
156 清野倭文子詩集 水科舞・絵 ちいさな秘《ひ》密《みつ》
157 川奈静詩集 直江みちる・絵 浜ひるがおはパラボラアンテナ ★◎
158 若木良水詩集 西真里子・絵 光と風の中で
159 牧陽子詩集 渡辺あきお・絵 ねこの詩 ★◎
160 宮田滋子詩集 阿見みどり・絵 愛一輪 ★◎
161 井上灯美子詩集 唐沢静・絵 ことばのくさり ☆●
162 滝波万理子詩集 滝波裕子・絵 みんな王《おう》様《さま》 ★●
163 冨岡みち詩集 関口コオ・絵 かぞえられへんせんぞさん ★
164 垣内磯子詩集 辻恵子・切り絵 緑色のライオン ★◎
165 すぎもとれいこ詩集 平井辰夫・絵 ちょっといいことあったとき ★

166 岡田喜代子詩集 おぐらひろかず・絵 千年の音 ★☆◎
167 川奈静詩集 直江みちる・絵 ひもの屋さんの空 ★◎☆♥♡
168 鶴岡千代子詩集 武田淑子・絵 白い花火 ★☆
169 井上灯美子詩集 唐沢静・絵 ちいさい空をノックノック ★◎☆
170 尾崎杏子詩集 ひなた山すじゅう郎・絵 海辺のほいくえん ☆♡★◎
171 柘植愛子詩集 やなせたかし・絵 たんぽぽ線路 ☆♡★◎●
172 小林比呂古詩集 うめざわのりお・絵 横須賀スケッチ ☆★◎♡▲
173 林佐知子詩集 串田敦子・絵 きょうという日 ☆★◎♡▲
174 後藤基宗子詩集 岡澤由紀子・絵 風とあくしゅ ☆♥★◎♡
175 土屋律子詩集 高瀬のぶえ・絵 るすばんカレー ☆♡★◎▲
176 三輪アイ子詩集 深沢邦朗・絵 かたぐるましてよ ★☆♡
177 田辺瑞美子詩集 西真里子・絵 地球賛歌 ☆★◎
178 髙瀬美代子詩集 小倉玲子・絵 オカリナを吹く少女 ☆♡
179 中野惠子詩集 串田敦子・絵 コロポックルでておいで ★♡☆●
180 松井節子詩集 阿見みどり・絵 風が遊びにきている ★☆♡▲

…ジュニアポエムシリーズ…

181 新谷智恵子詩集・徳田徳志芸・絵　とびたいペンギン　佐世保文学賞♡★◎▲
182 牛尾良子詩集・牛尾征治・写真　庭のおしゃべり　♡★◎
183 三枝ますみ詩集・高見八重子・絵　サバンナの子守歌　☆★
184 佐藤雅子詩集・佐藤太清・菊池治子・絵　空の牧《まき》場《ば》　☆★♡■◎◈
185 山内弘子詩集・おぐらひろかず・絵　思い出のポケット　♡★●
186 山内弘子詩集・阿見みどり・絵　花の旅人　♡★▲
187 原国子詩集・牧野鈴子・絵　小鳥のしらせ　♡★△◎
188 人見敬子詩・絵　方《はこ》舟《ぶね》地球号　—いのちは元気—　♡★◎
189 林佐知子詩集・串田敦子・絵　天にまっすぐ　★☆♡◎
190 小臣富子詩集・渡辺あきお・絵　わんさかわんさかどうぶつさん　✡♡★◎
191 川越文子詩集・かまだちえみ・写真　もうすぐだからね　♡★◎
192 永田喜久男詩集・武田淑子・絵　はんぶんごっこ　☆★◎♡
193 吉田房子詩集・大和田明代・絵　大地はすごい　★◎♡
194 石井春香詩集・高見八重子・絵　人魚の祈り　★♡
195 石原一輝詩集・小倉玲子・絵　雲のひるね　♡

196 たかはしけいこ詩集・髙橋敏彦・絵　そのあと　ひとは　★
197 宮田滋子詩集・おおた慶文・絵　風がふく日のお星さま　★♡◎
198 渡辺恵美子詩集・つるみゆき・絵　空をひとりじめ　★♡●
199 宮中雲子詩集・西真里子・絵　手と手のうた　★
200 杉本深由起詩集・太田大八・絵　漢字のかんじ　★♡❀
201 井上灯美子詩集・唐沢静・絵　心の窓が目だったら　★♡
202 峰松晶子詩集・おおた慶文・絵　きばなコスモスの道　★♡
203 高橋文子詩集・山中桃子・絵　八丈太鼓　★♡
204 長野貴子詩集・武田淑子・絵　星座の散歩　★♡
205 江口正子詩集・高見八重子・絵　水の勇気　♡☆★
206 藤本美智子詩・絵　緑のふんすい　☆♡★
207 林佐知子詩集・串田敦子・絵　春はどどど　♡★◎
208 小関秀夫詩集・阿見みどり・絵　風のほとり　☆♡★
209 宗美津子詩集・宗信寛・絵　きたのもりのシマフクロウ　♡★
210 かわてせいぞう詩集・髙橋敏彦・絵　流れのある風景　☆♡★

211 土屋律子詩集・高瀬のぶえ・絵　ただいまぁ　★♡☆◎
212 永田喜久男詩集・武田淑子・絵　かえっておいで　☆♡★
213 みたみちこ詩集・牧進・絵　いのちの色　♡★
214 糸永えつこ詩集・糸永わかこ・絵　母です　息子です　おかまいなく　♡☆★
215 宮田滋子詩集・武田淑子・絵　さくらが走る　♡☆★●
216 柏木恵美子詩集・吉野晃希男・絵　ひとりぽっちの子クジラ　♡★◎
217 江口正子詩集・高見八重子・絵　小さな勇気　♡☆★
218 井上灯美子詩集・唐沢静・絵　いろのエンゼル　★♡
219 中島あやこ詩集・日向山寿十郎・絵　駅伝競走　★☆♡
220 高橋孝治詩集・高見八重子・絵　空の道　心の道　★♡
221 江口正子詩集・日向山寿十郎・絵　勇気の子　♡☆★
222 宮田滋子詩集・牧野鈴子・絵　白鳥よ　☆★
223 井上良子詩集・銅版画　太陽の指環　★
224 川越文子詩集・山中桃子・絵　魔法のことば　♡☆★
225 西本みさこ詩集・上司かのん・絵　いつもいっしょ　☆♡

…ジュニアポエムシリーズ…

226 おばらいちこ詩集 髙見八重子・絵 ぞうのジャンボ ☆★♡
227 吉田房子詩集 本田あまね・絵 まわしてみたい石臼 ★♡
228 吉田房子詩集 阿見みどり・絵 花詩集 ★♡◎
229 田中たみ子詩集 唐沢静・絵 へこたれんよ ★◎
230 林佐知子詩集 串田敦子・絵 この空につながる ★♡
231 藤本美智子 詩・絵 心のふうせん ★♡
232 火星雅範詩集 西川律子・絵 ささぶねうかべたよ ★♡▲
233 吉田房子詩集 岸田歌子・絵 ゆりかごのうた ★♡
234 むらかみみちこ詩集 むらかみみちこ むらかみあくる・絵 風のゆうびんやさん ★♡
235 白谷玲花詩集 阿見みどり・絵 柳川白秋めぐりの詩 ★
236 ほさかとしこ詩集 内山つとむ・絵 神さまと小鳥 ★☆
237 内田麟太郎詩集 長野ヒデ子・絵 まぜごはん ☆
238 小林比呂古詩集 出口雄大・絵 きりりと一直線
239 牛尾良子詩集 おぐらひろかず・絵 うしの土鈴とうさぎの土鈴
240 山本純子詩集 ルイコ・絵 ふふふ ★♡

241 神田亮 詩・絵 天使の翼 ★☆
242 かんざわみえ詩集 阿見みどり・絵 子供の心大人の心さ迷いながら ☆
243 永田喜久男詩集 内山つとむ・絵 つながっていく ★☆
244 浜野木碧 詩・絵 海原散歩
245 やまうちしゅうへい詩集 山本省三・絵 風のおくりもの

＊刊行の順番はシリーズ番号と異なる場合があります。

ジュニアポエムシリーズは、子どもにもわかる言葉で真実の世界をうたう個人詩集のシリーズです。

本シリーズからは、毎回多くの作品が教科書等の掲載詩に選ばれており、1975年以来、全国の小・中学校の図書館や公共図書館等で、長く、広く、読み継がれています。

心を育むポエムの世界。

一人でも多くの子どもや大人に豊かなポエムの世界が届くよう、ジュニアポエムシリーズはこれからも小さな灯をともし続けて参ります。

掌の本　アンソロジー

心に残る本を　そっとポケットに　しのばせて…
・A7判（文庫本の半分サイズ）　・上製、箔押し

こころの詩Ⅰ
しぜんの詩Ⅰ
いのちの詩Ⅰ
ありがとうの詩Ⅰ
詩集 希望
詩集 家族
いのちの詩集―いきものと野菜
ことばの詩集―方言と手紙

銀の小箱シリーズ

- 葉 祥明 詩・絵　小さな庭
- 若山 憲 詩・絵　白い煙突
- こばやしひろこ・詩 うめざわのりお・絵　みんななかよし
- 江口 正子・詩 油野 誠一・絵　みてみたい
- やなせたかし 詩・絵　あこがれよなかよくしよう
- 冨岡 みち・詩 関口 コオ・絵　ないしょやで
- 小林比呂古・詩 神谷 健雄・絵　花かたみ
- 小泉 周二・詩 辻 友紀子・絵　誕生日・おめでとう
- 柏原 耿子・詩 阿見みどり・絵　アハハ・ウフフ・オホホ★♡▲
- こばやしひろこ・詩 うめざわのりお・絵　ジャムパンみたいなお月さま

すずのねえほん

- たかはしけいこ・詩 中釜浩一郎・絵　わたし★◎
- 尾上 尚子・詩 小倉 玲子・絵　ぽわぽわん
- 糸永えつこ・詩 高見八重子・絵　はるなつあきふゆもうひとつ★児文芸新人賞
- 山口 敦子・詩 高橋 宏幸・絵　ばあばとあそぼう
- あらい・まさはる・童謡 しのはらはれみ・絵　けさいちばんのおはようさん
- 佐藤 雅子・詩 佐藤 太清・絵　こもりうたのように●日本童謡賞　美しい日本の12ヵ月
- 柏木 隆雄・詩 やなせたかし他・絵　かんさつ日記★♡

アンソロジー

- 渡辺 浦人・編 村上 保・絵　赤い鳥 青い鳥
- わたげの会・編 渡辺あきお・絵　花ひらく
- 木曜会・編 西 真里子・絵　いまも星はでている
- 木曜会・編 西 真里子・絵　いったりきたり
- 木曜会・編 西 真里子・絵　宇宙からのメッセージ
- 木曜会・編 西 真里子・絵　地球のキャッチボール★◎
- 木曜会・編 西 真里子・絵　おにぎりとんがった☆★◎
- 木曜会・編 西 真里子・絵　みぃーつけた♡★◎
- 木曜会・編 西 真里子・絵　ドキドキがとまらない
- 木曜会・編 西 真里子・絵　神さまのお通り★

銀鈴詩集

- 黒田 佳子詩集　夜の鳥たち
- 石田 洋平詩集　解錠音
- 霧島 葵詩集　小鳥のように
- 吉田 房子詩集　お父さんの心の庭